달팽이 화장실

현금순 동시 · 김천정 그림

아동문예

달팽이화장실

봄날 봄비 맞으며 아빠하고 꽃씨를 심던 한 아이가
여기 서 있습니다

꽃밭도 마당도 없는 집에 살면서
오늘도 그 꽃씨를 받아 마음 밭에 심으며
꽃밭이 아이들 웃음소리로 가득하길 바라봅니다

봄 마당으로 들어섰던 그 아이들이 내일도 모레도 오늘처럼
이 세상에는 아름답지 않고 신기하지 않은 것이 없어서 늘 설레고
마냥 궁금하고 행복하기를~~~

여섯 번째 동시집 앞에서 그 마음과 눈이 어두워지지않기를 기도
합니다.

2024년 늦가을
시쓴이 · **현금순**

제 2 부

시계꽃 할아버지

제 **3** 부

여우가 시집 가는 날

제 **4** 부

오늘도 아빠가 이겼다

제1부 우비 하나요

딸기 딸기 내 딸기

뱀딸기는 뱀 꺼

산딸기는 산 꺼

밭딸기는 주인 꺼

슈퍼에서 파는 딸기만 내 꺼

새콤달콤 내 딸기

핫도그

한입에
소시지는 안 보인다

또 한입 그리고 또 한입
그제서야 맛있는 소시지가 보인다

– 아~~ 기름 속이 너무 뜨거워서
  소시지가 깊이 숨었었구나

18

망고 먹기

동글납작한 망고의 양쪽을 잘라

칼로 원고지 칸처럼

가로 세로 줄을 그어서

껍질 쪽에서 내 쪽으로 살짝 눌러주면

컴퓨터 자판처럼 잘린 망고를

맛있게 먹는다

ㄱ ㄴ ㄷ ㄹ ㅁ ㅂ

A B C D E F G

19

키오스크

돈까스 우동
감자튀김 생선초밥
많기도 많다

요거? 요거?
서두르다가
잘못 누른 것도 모르고
확인을 눌렀다

- 우동은 취소요 했더니
벌써 국수가 뜨거운 물에 들어갔다네
빠르기도 빠르다

오늘은 엄청 배부른 날

우비 하나요

봄비 오는 날
아빠랑 국숫집에 갔다
아빠는 우동
나는 비빔국수를 시켰다

국숫집 누나는
조리실에 대고
– 여기, 우비 하나요

우산 쓰고 국숫집에 가서
우. 비를 먹었다

까치밥

까치는 겨울 동안
달달한 감만 먹는다

아침밥도 감
점심밥도 감
저녁밥도 감

감 많이 먹으면 똥 누기 힘든데
까치야, 똥 누려면 큰일났다

호두야

어떻게 하면 고소하게 클까
머리 쓰려고
사람 머릿속 닮은
똑똑한 호두야

겉껍질에서 속껍질까지
단단하지만
그래도 내가 이렇게
까 먹을 수 있는 걸 보면
너보다는 내 머리가 더 좋은가 보다

– 그렇지?

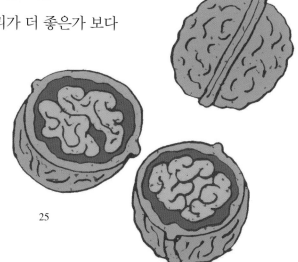

짭짤이 토마토

토마토 마을에
짠돌이 짠순이

소금밭에서 컸을까
간간하다

소문난 짠돌이 짠순이들은
물도 조금 먹고
바람도 조금 마시고
비도 조금 맞으면서
다이어트를 해서
작고 야무져 맛으로 승부한다

간이 딱 맞는 짭짤이 토마토

내가 먹은 브로콜리

먹고 나면
마음에 걸려있는 꽃송이

꽃이 피기도 전에
초록 송이로 꺾여
밭을 떠나온 꽃송이

나도 한번 활짝 펴보고 싶다고
얼마나 큰 소리로 말하고 싶었을까
활짝 핀 브로콜리꽃을
보고 싶다

우리 집에 열린 바나나

식탁 위에 바나나가 열렸다
세탁소 옷걸이 두 개를 겹쳐 만든
바나나 걸이에
바나나가 열렸다
노랗게 익어 보지도 못하고
낯선 나라에 와서
이제서야 맛있게 익었다

하나 둘 셋 넷 다섯
바나나 형제

보조개 사과

새들이 만든 흠집
벌레가 만든 아픔

흉터가 있다고
부끄러워하지 마라

빨간 볼에 보조개가 참 예쁘다

꽈배기

– 친구야, 아직 삐졌어?
　우리 꽈배기 먹으러 가자

요렇게 꼬인 꽈배기
살살 풀어 먹으면서
너랑 나랑도
고소하고 맛있게
마주 보며 웃자

가시

생선구이를 맛잇게 먹다가
목에 가시가 걸렸다

밥을 한 숟가락 꿀떡 해봐도
안넘어간다

— 엄마, 아무래도 병원에 가 봐야 할까 봐.

양치질을 하고 집을 나서려다가
침을 삼켜보니
그새 가시가 넘어갔다

가시도 병원 가는 건 무서운가 보다

우리 동네 오렌지 안경점

새콤 달콤해서
눈을 살짝 감게 할 것 같은
오렌지 안경점 안경들이
다리 접고 누워서 나를 보고 말한다

– 오렌지 안경점 안경 쓴다고
   세상이 다 노랗게 보이는 건 아니야
   작은 건 크게, 흐린 건 맑게 잘 보여

– 그럼, 저 돋보기를 쓰면
   콩알은 오렌지만 하게 보이니?

30

더 달다

노랗던 바나나에
검은 점이 생겼다
그래도 더 달다

손등에 검은 점이 생긴
우리 할머니의 사랑도
오늘 더 달다

제2부 시계꽃 할아버지

아침에 치약이

목만 매일 누르지 마
숨 막혀

그래 가지고
어디 내 살이 잘 빠지겠니

다이어트를 해주려거던
골고루 눌러

시계꽃 할아버지

골목길 할아버지네 나팔꽃은
한낮이면 지지만
보랏빛 시계꽃은
한낮에도 환하게 웃는다

– 할아버지, 몇 시예요?

오늘도 껄껄껄 웃으시며

– 좋은 때다
　뛰지 말고 천천히 다니거라
　다친다

달팽이화장실

안에 누가 있는지
가만가만 귀로 살피면서
동그라미 안으로 걸어 들어가
하늘을 보며 볼일을 보면
구름처럼 내 몸이 가벼워지던 곳

밤이면 별도 달도 내려오는 화장실

낮은 흙담에 지붕도 없는
시골에서 만났던
동그란 달팽이화장실

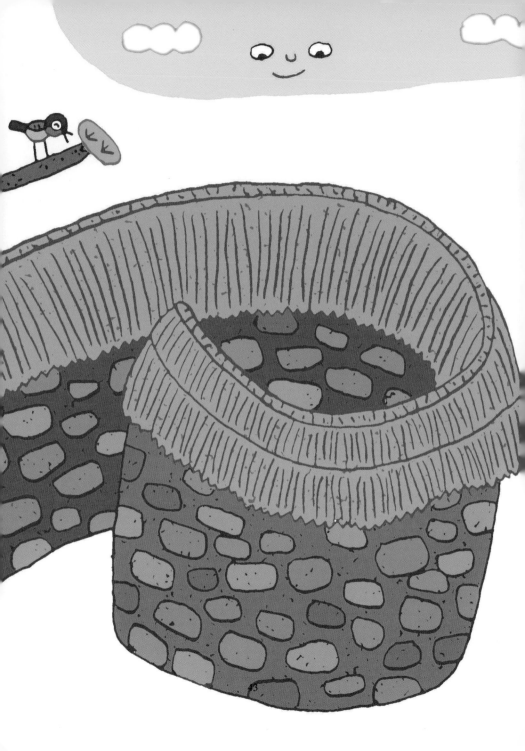

더 천천히

지팡이를 짚고
좁은 골목길을
천천히 걸어 가시는 할아버지

친구 만나러 가는 길
빨리 가고 싶지만
할아버지보다
앞서서 가기가 왠지 죄송해서
할아버지 뒤에서
더 천천히 걷는다

친구야 조금만 기다려라

앞니 빠진 날

흔들흔들하던 앞니가 빠졌다
크게 웃으면 안된다

내 이빨 새로 나오는 날
할아버지 빠진 어금니도 나와서
입 크게 벌리고
얼굴 마주 보며
깔깔깔 웃으면 얼마나 좋을까

감기랑 있어

친구한테서
축구 하자고 카톡이 왔다

– 누구랑 같이 있어서 못 나가

– 누구랑?

– 감기가 왔어,

– 난 혼자 있고 싶은데
　감기가 안 가네

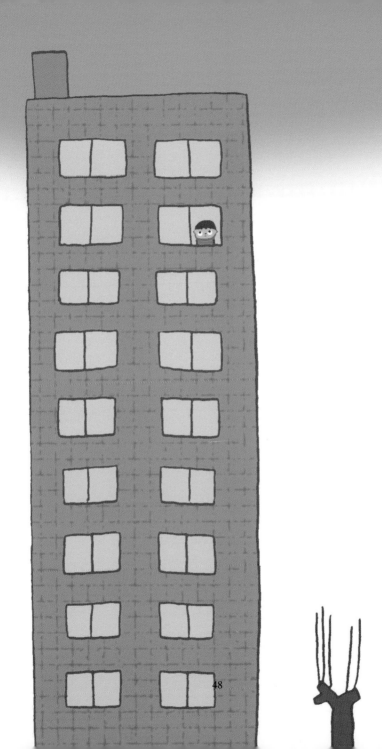

48

한층 더 추운 날

오늘보다 내일은
내일보다 모레는 한층 더 춥대요

우리 집이 15층
한 층 더 올라가면 16층인데
그러면 16층은 오늘도 우리보다
한층 더 추울까

재미가 쏠쏠까지만

도 레 미 파를 지나서
적당히 음을 높이면
재미가 쏠쏠

더 낮아도 더 높아도
재미가 없네

그냥 쏠 높이만큼만
하루를 높이면
오늘도 즐거운 일이 쏠쏠하다

네가 다 가지고 갔지?

멀리 이사간 친구에게서 전화가 왔다
우리 집에 와서 한밤 자고 가라고

– 밤이면 하늘에 별이 가득해

– 네가 이사가면서
  우리 동네 별 다 가지고 갔구나
  어쩐지 요즘 밤하늘에 별들이 안 보이더라

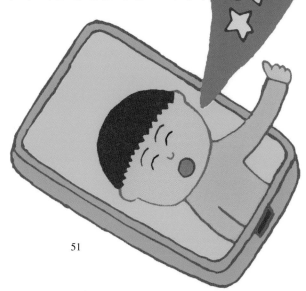

거울을 보는 모기

밤에 듣는 모기 소리
무서운 소리

불을 켜니
거울에 앉아 있다

전자 모기채 들고 살금살금 다가가
– 짜자작 짜자작

네가 아무리 예쁘게 생겼어도
나는 잡아야 한다

하얀 금

한쪽 발을 들고 깡충
금 안으로 들어간다
뛰다가 금을 밟으면 진다

반짝이지는 않지만
땅바닥에 그린
하얀 약속의 금이다

나는 친구가 금을 밟기를
친구는 내가 금을 밟기를
종일 깔깔댄다

밟았던 금도 밟지 않았던 금도
다 행복한 우리들의 금이다

55

할머니네 춘향이

월요일도 월월월
화요일도 월월월
수요일도 월월월
목요일도 월월월
이렇게 짖는다

금요일 토요일 일요일
모두 월월월

일주일에 한 번만
요일을 맞추는
할머니네 강아지

56

예쁜 구석

나에게 예쁘고 착한 곳이
있기는 한가 본데
왜 구석에만 있을까

예쁜 구석 착한 구석
기특한 구석들이 모이면
언젠가는 구석에서 당당하게 나올까

자, 나에게 이런 곳이
이렇게 많단다하면서 말이야

우리 동네방

길모퉁이 작은 책방
지하에 있는 만화방

하얀 가운 아저씨 약방
방방 시끄러운 노래방

찰떡콩떡 떡방
누가 갈까 궁금한 빨래방

작아도 제일 좋은
우리 집 내 방

꽃을 키우는 바퀴

동그라미로 구르기만 하던
자동차 바퀴가
이제는 쉬고 싶었는지
주유소 앞에
꽃을 안고 앉아 있다

키 작은 꽃들의 집이 되어준 바퀴
씽씽 달리는 차소리가
시끄러울 텐데
한때는 나도 저런 차의 바퀴였으니
참아야지 하면서
꽃들을 키우고 있다

기특하고 예쁜
작은 꽃밭

61

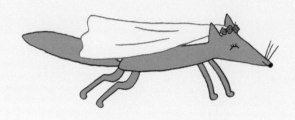

제**3**부 여우가 시집 가는 날

눈이 하늘로 가는 길

할머니는 눈 오는 날을 좋아하지만
눈이 얼어 길이 미끄러우면
호랑이보다 빙판길이 더 무섭답니다

눈은 하늘에서 내려왔으니
하늘로 올라가는 길도 알 거라고
다시 갔으면 좋겠다고 합니다

만약 그렇게 되면 눈이 하늘로 갈 때
내가 만든 아기 눈사람도 따라 갈까요

대문 열어 놓는 날

앵두가 익었다
꽃처럼 예쁘다
할아버지 아침에 나가시면서

– 오늘은 대문 열어 놓거라
   동네 꼬마들 들어와서 따 먹으라고

앵두나무에 우리들 웃음소리가
달콤새콤하게 열리는 날
우리 할아버지가 최고인 날

꽃씨 줍기

- 뭐 하는거야?"

- 꽃씨 주워

- 왜?

- 여긴 시멘트 바닥이잖아
  주워서 꽃밭에 뿌려 주면
  내년에 꽃이 되지만
  여기 그냥 두면 다시 못 만나

68

씨앗 도서관

책을 빌려오듯
씨앗 도서관에서 씨앗을 빌려왔다

봄날 마당에서
유채꽃과 놀다가
씨가 여물면
내 손으로 유채꽃씨 받아
빌려온 씨앗 돌려주러
씨앗 도서관으로 가야지

벌써 내 마음밭에 유채꽃이 노랗다

민들레가 인조잔디에게

봄비 맛도 햇빛의 따뜻함도
모르는 너지만
겨우내 내 옆에 네가 있어
추운 겨울을 잘 견디고
오늘 꽃을 피울 수 있었다
정말 고마워

다시 오는 봄에도 너랑 친구하면서
네 옆에서 노랗게노랗게 꽃피고 싶다

밤에 본 달만

안과에서
한쪽 눈을 가리고 온 날
두 눈으로 볼 때보다 불편했지만
한쪽 눈으로 본다고
반만 보이는 건 아니었어

밤에 본 달만 반달이었어

잎눈 꽃눈

봄날 산길을 걷다 보면
바람은 아직 찬데
어느새 잎눈 꽃눈이
뾰족뾰족 나와서 다 보고 있다

나뭇가지를 꺾는지
뿌리를 발로 차는지
쓰레기를 버리는지

cctv가 없어도 나무들은 다 보인다

세어 보나 마나

꽃송이 송이 백 개다
꽃송이 송이 천 개다
꽃송이 송이 만 개다

벚꽃이 활짝 피면
할머니가 그러셨어
– 벚꽃이 만개구나~

세어 보나 마나 만 송이

괭이밥도 꽃이다

화분에 괭이밥이 나오면
아침에는 아침이라 못 뽑고
저녁에는 낼 뽑아야지 하다가
화분 가득 괭이밥이 넘친다

괭이밥도 내 맘 아는지
주인 꽃보다 먼저
노랗게 노랗게 웃는다

그럼 그럼 너도 꽃이지

77

여우가 시집 가는 날

비가 오다 해가 나고
해가 나다 비가 오면
여우가 시집을 간다는데

족두리를 썼을까
드레스를 입었을까

불여우 신랑은 여울까
아니면 신랑도 불여울까
숲속에 작은 집은 지어났을까

해가 쨍쨍 맑은 날도
시집 안 가는 우리 이모랑
여우 마을에 가보고 싶은 날

79

이따가 가을에

- 형아야, 감꽃 봐라
  예쁘지?

- 감은 언제 열릴까?

- 꽃지면 열리지

- 언제 노랗게 익는데?

- 이따가 가을에

- 으응

반딧불이는

불이야 불이야
분명 불이야
내 손안에 따뜻한
반딧불이야

빛이야 빛이야
분명 빛이야
마음이 따뜻한
초록빛이야

여름 밤
맑은 강가의
별이 되는 반딧불이야

동그란 열매들에게

가을에 툭툭 떨어지면
누가 더 멀리가는지 내기도 하면서 굴러가는
밤 도토리 상수리야

발길에 밟히지 않고 오목한 곳에 잘 있다가
봄이 되면 싹을 틔워
한 그루 나무로 크거라

너희들도 열매는 동그랗게 동그랗게 키워야 한다

83

우유니 사막

우유니 우유니
물어보니
우유가 아닌 소금밭이래

어디가 하늘이고
어디가 소금사막인지
가서 봐도 모른대

맛을 봐도 모를까
소금맛과 하늘맛

말랑말랑 대나무

대나무 순을 반으로 가르면
두 개의 쪽배 모양이 된다

단단한 대나무가 될
쪽배는 거짓말처럼
말랑말랑하다

열흘이면 다 커서
비 맞고 바람맞으며
단단해지는 푸른 대나무

하늘 보며 크면서도
바다를 그리워하는
마음을 어릴 때부터 갖고 자라나 보다

제4부 오늘도 아빠가 이겼다

2024 파리올림픽 · 1

파리가 그 파리가
아닌 줄은 알았지만
사브르가 과자가 아니고
운동인 줄 처음 알았다

펜싱 사브르

살짝만 만져도 부서져서
나에게 지는 과자
날쌔게 다가가 살짝 찌르면
이기는 사브르

과자도 메달도 꿀맛

91

2024 파리올림픽·2

와! 와!
금메달이다
금메달이다

또 금메달

잃어버렸다가
냉장고 밑에서 오늘 찾은
울엄마 목걸이 메달만
은메달이다

단풍아 단풍아

모자에 달렸던
빨간 고양이가 없어졌다
모자를 쓸 때는
분명히 있었는데
어디로 갔을까
귀여운 단풍이

이 추운 겨울에
배고픈 길고양이가 되면 어쩌나
빨리 찾아야 한다
아침에 걸었던 눈길을 다시 걷는다

– 단풍아 단풍아

93

동시세일

와!
동시세일

재미있는 동시
열 편 스무 편
실컷 읽어보자

달려가서 다시 보니
전자제품 동시대박세일
냉장고 선풍기 에어콘

이불을 파는 반찬가게

콩자반에 장조림
동태찌개에 미역국을 팔던
우리 동네 반찬가게

간판에는 아직도 맛있는 반찬이 가득한데
가게 안에는 속옷에 양말에
꽃무늬 이불에 포근한 방석
싸게 판다는 이불도
일주일 동안만 판단다

일 주일 후에는
반찬가게 간판 아래
또 무엇을 팔까

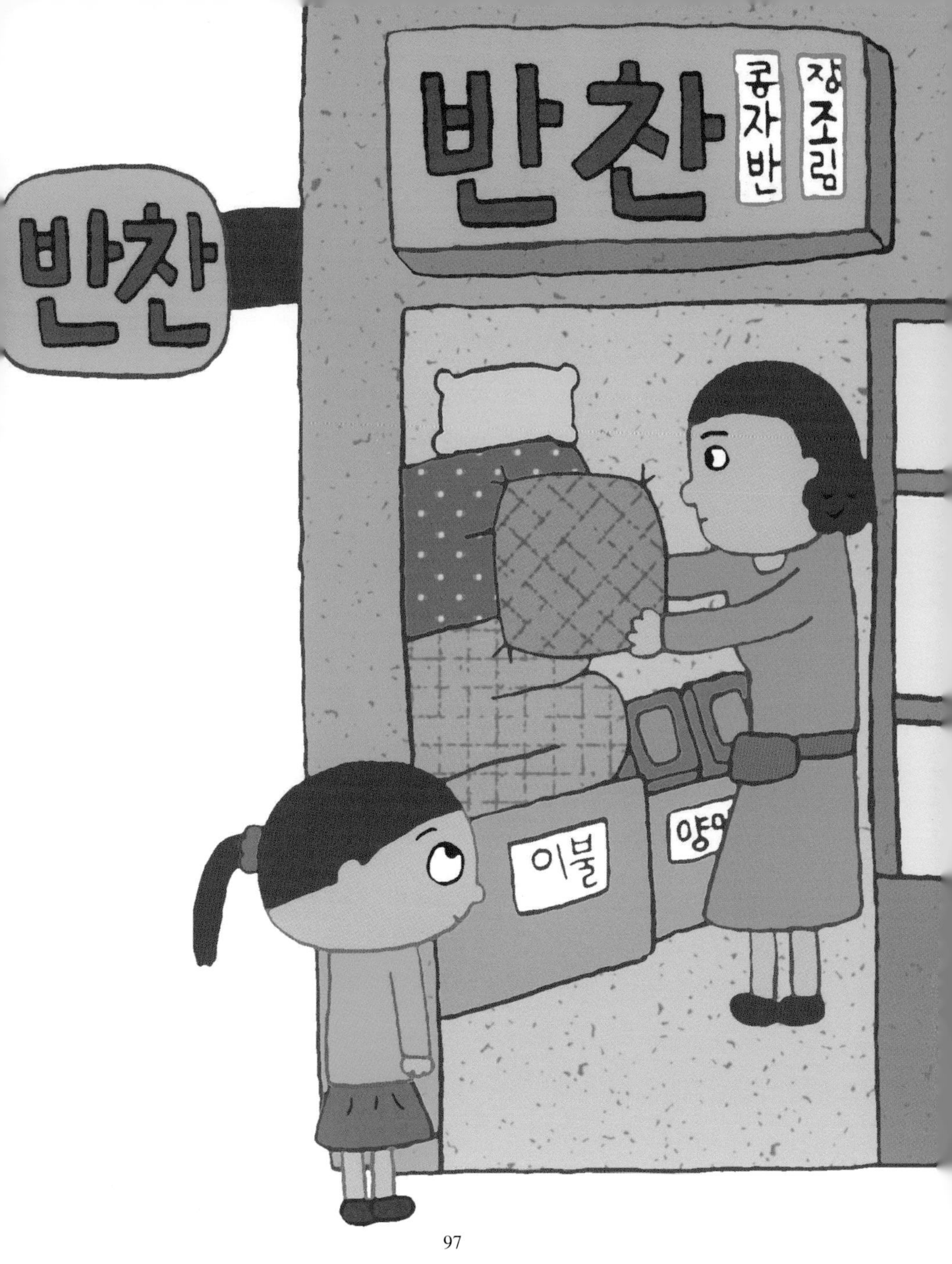
반찬
반찬
장조림
콩자반
이불

나를 그린 상형문자

해는 동그라미 안에 작은 동그라미로
양은 동그라미 안에 십자가로
돌벽에 그렸다는 상형문자

오늘은 나를 그려본다

동그라미 안에 보조개
살살 눈웃음에
긴 다리

콩콩콩

콩콩콩 미운 콩소리
윗층에서 나는 소리 콩콩콩

문은 가만히 닫고
발도 살짝 들고 걷는다

밤에는 뛰지 마
요만큼도 쥐눈이콩만큼도

101

오늘도 아빠가 이겼다

저녁이면 피곤해서
쓰러져 잤다는 아빠는
아침이면
하나 둘 셋 세기도 전에
두 팔 번쩍 기지개 켜며
일어난다

오늘도 아빠가
피곤한테 이겼다

물집

– 앗, 뜨거
손가락을 데었다

쓰라리고 아파서 들여다보니
엄지손가락 옆에
물집이 생겼다
콩알 반쪽만 하다

물도 집을 짓는구나

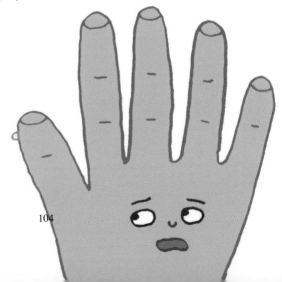

짜다짜다 울 엄마

양말을 짜고
덧버선을 짜고
스웨터도 예쁘게 짜는 울 엄마

다 짜도 좋지만
내 용돈은 짜지 않고
달달하게 주세요

모다 정말 쓸모구나

도 개 걸 윷 모
왁자지껄 재미있는 윷놀이

돼지 개 양 소 말이
다 모였다

높이 올려 던졌더니
모, 모다
한 번 더 달릴 수 있는
말이다

내 편인 할아버지 웃음 소리가 크다

– 모다, 이 이쁜 놈
  정말 쓸모구나

발바닥에 눈

아무 것도 안 보이는 눈이
발바닥에 생겼다

– 너, 눈이 세 개라며? 하고
   친구들이 놀리기 전에
   없애야 한다

아프기만 한 눈
티눈

109

바람 셀프

동그라미 두 개에
바람을 넣는다

자전거포 아저씨 도움 없이
두 팔로 힘을 주면서
꾹꾹 눌러 담는다

꽃바람 강바람 어깻바람

집으로 가는 길에
탱탱해진 두 바퀴는
셀 수도 없는 동그라미로
나에게 칭찬을 아끼지 않았다

112

다시 만난 피노키오

아빠랑 분리수거하러 나갔다가
버려진 책들 속에서
아기 때 보았던 피노키오를 만났다

책을 만지려는데
저절로 펴진 페이지 안에서
피노키오가 긴 코를 훅하고 내밀었다

거짓말 안하고 용감하게 잘 크고 있냐고
묻는 듯했다

나도 모르게 내 코를 만져보았다

1도와 하나도

1도라고 쓰고
요즘은 하나도라고 읽기도 한다
2도라고 쓰고
둘도라고 읽기도 한다
이상하다

나는 혼자
100도라고 쓰고
끓는다라고 읽어보며
웃는다

– 더 이상하지?

달팽이화장실

초판 1쇄 발행 · 2024년 11월 20일

지은이 · 현금순
그린이 · 김천정
펴낸이 · 박옥주

펴낸곳 · 아동문예
등록일 · 1987년 12월 26일
주   소 · (우)01446 서울특별시 도봉구 도봉로 109길 78
전   화 · 02-995-0071~3, 02-995-1177
팩   스 · 02-904-0071
이메일 · adongmun@naver.com/ joo415@hanmail.net
홈페이지 · www.adongmun.co.kr

ISBN 979-11-5913-447-0   73810

가격 13,000원

＊이 책은 2024년 인천광역시 · (재)인천문화재단 한국문화예술위원회 후원으로
발행되었습니다.